KB106006

야간
경마

# 야간 경마

발행일    2022년 10월 28일

지은이    김재복
펴낸이    손형국
펴낸곳    (주)북랩
편집인    선일영                      편집    정두철, 배진용, 김현아, 장하영, 류휘석
디자인    이현수, 김민하, 김영주, 안유경      제작    박기성, 황동현, 구성우, 권태련
마케팅    김회란, 박진관
출판등록   2004. 12. 1(제2012-000051호)
주소      서울특별시 금천구 가산디지털 1로 168, 우림라이온스밸리 B동 B113~114호, C동 B101호
홈페이지   www.book.co.kr
전화번호   (02)2026-5777                팩스    (02)3159-9637

ISBN    979-11-6836-558-2 03810 (종이책)      979-11-6836-559-9 05810 (전자책)

잘못된 책은 구입한 곳에서 교환해드립니다.
이 책은 저작권법에 따라 보호받는 저작물이므로 무단 전재와 복제를 금합니다.
이 책은 (주)북랩이 보유한 리코 장비로 인쇄되었습니다.

---

**(주)북랩** 성공출판의 파트너

북랩 홈페이지와 패밀리 사이트에서 다양한 출판 솔루션을 만나 보세요!

**홈페이지** book.co.kr  •  **블로그** blog.naver.com/essaybook  •  **출판문의** book@book.co.kr

---

**작가 연락처 문의 ▶ ask.book.co.kr**

작가 연락처는 개인정보이므로 북랩에서 알려드릴 수 없습니다.

# 야간
# 경마

김재복 시집

북랩

**지은이의 말**

또 하나의 잡음이 될 수도 있겠지만
작은 떨림의 기억들을 추억하고 사랑하고 싶었다.
출판을 도와준 사랑스러운 아내, 그림을 그려준
멋진 아들과 어여쁜 딸에게 감사드린다.

4

겨
울

1

봄

# 봄맞이

눈 녹아 개울들이 조잘조잘
따뜻한 살랑바람 수줍게 불어오고
초록 새순이 보드랍게 봉긋 솟아오르면
매섭던 겨울 전쟁 이제 끝나고 놀람의 봄이다

겨우내 움츠렸던 꼬맹이들은 놀이터에서 와자지껄
5교시 학생들은 교실에서 꾸벅꾸벅
보행기 구르는 햇볕 나들이 어르신들 많아지고
길거리 풍경이 흑백에서 컬러로 바뀌어 가면
내 마음도 스프링spring처럼 튀어 오른다

매년 피고 지는 꽃이지만
새로운 꽃들이 그들 세상을 맞고 있다
큰 결심 후 생애 단 한 번 피는 꽃들
봄비 후 장렬히 떨어지는 꽃비를 맞으니
온기 가득한 꽃잎 감촉에
내 몸 분자가 부르르 떨린다

봄, 그리고 다시 봄
새로운 봄에 다시 너를 보지만
몇 번 우리에게 허락되었는지
몇 번 제대로 영접하였는지 확실치 않다

올 봄을 자세히 보고 듣고 만지고 냄새 맡아야겠다
올 봄을 껴안고 뽀뽀하며 뛰어다니며 쫓아 다녀야겠다

봄이 왔다!
꽃불이 났다!
심心불이 났다!

# 존버한다

존버한다[1]
엉덩이가 문드러져 욕창이 생길지언정
답을 알 때까지 벽면 보고 좌정하며
끝까지 존버한다

존버한다
바위가 비바람에 깎여 흙이 되고
낙숫물 한 방울 한 방울 내 정수리에 떨어져
머리에 구멍 나고 다시 살로 찰 때까지
끝까지 존버한다

존버한다
단세포가 원숭이 침팬지 유인원이 되고
다시 사람이 되고
사람이 다시 호모 존버엔스로 진화할 때까지
끝까지 존버한다

---

1  '무조선 버틴다'라는 뜻의 인터넷 신조어

존버한다
사람에게 달려들어 증식과 사망을 즐기는
무심한 바이러스의 속사정을 알 때까지
끝까지 존버한다

존버한다
우주의 마음 내가 이해하고 받아들여
진심으로 사랑할 수 있을 때까지
끝까지 존버한다

존버한다
존버해도 결국 소용없다는 것을
깨닫게 될 때까지
끝까지 존버한다

# 캄피돌리오 광장

보슬비 내리는 캄피돌리오 광장
말을 탄 아우렐리우스 황제가
찬비를 맞고 있다
말은 로마 전쟁터로 달려 나가고
오른팔은 쭉 뻗어 적진을 가리킨다

황제 눈에는 피비린내 나던 싸움터
폐허와 관조의 장면이 지나가고
다가올 전쟁의 두려움과 운명의 심판에
심장을 겸허하게 쓰다듬는다

진군의 나팔 소리가 시작되자
병사들의 피 끓는 함성
도나우강 평야 지대로 울려 퍼지고
전차부대와 기마 선봉대 말발굽 소리가
귓전에 메아리친다

이번 전투가 인생극장에서 촬영하는
마지막 장면이 될지라도
세계에 출연한 용감한 배우로서
당당히 운명의 칼날을 맞이하리라

여행지 순례자들은 연신 셔터를 눌러대며
영웅의 결전 길을 배웅하였고
생으로의 진군을 시작하였다

# 아파트 공화국

고대인들은 태양과 달을 숭배하였지만
현대인들은 아파트에 신성神性이 들어있다 생각한다

높은 산에 올라가 시가지를 내려다보면
닭장 집 아파트는 행복의 표상
쉰 닭똥 냄새는 나지 않지만
신사임당, 세종대왕 오래된 초상화에서 나는
구수한 종이 냄새가 피어오른다

너는 몇 평, 그 사람은 몇 평
너는 여기, 그 사람은 산 넘어 저기
아파트 위치와 평수로 첫인상이 결정되고
귀족, 평민, 노예
현대판 골품제가 시작된다

오른 가격 아파트 시세를 검색하는 순간
뇌 속에선 도파민과 엔도르핀이
불꽃놀이 폭죽처럼 꽝꽝 터진다

집은 소유하는 것이 아닌 존재 하는 곳!
집은 존재하는 곳이 아닌 소유 하는 것!

숭배받는 아파트가 우리를 보고 비웃고 있다
철근 콘크리트 구조물이 우리를 보고 비웃고 있다
아파트 건설하는 일용직 노동자들은 울고 있다

# 엄마 마사지

노동으로 두꺼워지고 구부러진 등뼈
낙상 수술 후에 퉁퉁 부은 코끼리 다리는
두 손을 모아서야 주무를 수 있습니다

5남매 똥 기저귀 찬물 손빨래부터
부풀어 오르고 두꺼워졌다는 손가락
대나무 관절 마디가 생기고 끝마디는 휘어져
만지면 찌릿찌릿 전기 스파이크가 일어납니다

주물러 드려도 그때뿐이라고
늘 얘기하시지만
수십 년 전 추억 이야기가 흘러나와
한 편의 흑백영화가 되어가는 걸 보면
효과는 확실히 있는 것 같습니다

6.25도 겪었지만
2년도 더 가는 염병은 처음이라고
이젠 살만하니 운도 없다 하시며

짙은 외로움에 목소리가 메어오면
저의 눈시울도 촉촉이 붉어옵니다

힘드니 이제 그만하라는 빈 말씀도 하시지만
거의 다 빠진 백발 머리
등과 어깨에 당신 혼자 겨우 붙이신
너덜너덜해진 통증 파스를 보면
제 손은 더 바빠집니다

이제 집에 가서
애들 챙겨주라는 당신의 말씀에도
저는 차마 발이 떨어지지 않았습니다
다음번 마시지 기회가 오지 않으면 어쩌나
너무나 무서웠기 때문입니다

# 대항해시대

새가 달빛 흐르는 강을 건널 때
아프락사스는 우리들 안광眼光의 표상이 되었다
빅뱅에서 나온 한 줄기 빛을 쫓아 날면
새의 의지는 먼 우주로 닿아
페르세우스자리의 빛나는 별이 되었다

우리가 깊고 푸른 밤을 건너갈 때
언제나 홀로 날아가야 한다
점멸하며 반짝이는 한 점의 빛을 쫓아
새가 지나간 어렴풋한 궤적을 따라
차가운 별빛에 얼어 추락할 때까지
끊임없이 날갯짓을 한다

다가오는 운명의 그림자를 느끼며
고도Godot를 기다리듯 끝없이 염원하며
오늘도 세월의 바다로 야간 비행이다

북극성 불빛이 사라지는
마지막 새벽이 오기 전까지
우주 변두리의 빛나는 항성이 되기 위해
초인에의 의지를 쫓아 힘차게 날아간다

달빛 속 흐르는 구름을 친구 삼고
별빛 속 흐르는 은하수의 끄트머리를 잡고
구원의 블랙홀 심장을 향해 돌진하는
우리는 모두 대항해시대를 열고 있다

# 세월호 기억 교실에서


설레던 수학여행 길
바다엔 안개가 자욱했지만
배에는 젊음의 열기로 가득했다
노래하고, 춤추고, 꿈을 이야기하고
갓 시작된 풋 청춘의 향기가
넘쳐흐르고 있었다

개조했으니 배는 더 사용해도 된다
짐은 더 실어도 된다
그대로 있어라
물욕에 찌든 어른들 욕심에
아이들은 서서히 무너져 갔다

마지막으로 바라보는 세상
물이 차올라 턱밑까지 왔을 때
분노와 절망 속에 시계는 멈추었고
엄마, 아빠, 가족, 선생님, 친구, 꽃들과 고래
수천 장의 사신이 쏜살같이 지나갔다

뼈에 사무치는 맹골수도孟骨水道
무엇을 위해 아이들을 잡아두어야 했는지
그냥 보내주면 안 되었는지
무심한 바다는 쓰나미처럼 모두 집어삼켰다

오늘 세월호 기억 교실에 들어와 있다
공부하며 뛰놀던 2학년 교실
칠판낙서, 시간표, 책상, 걸상, 쓰던 책과 노트
그리고 아이들의 생전 사진과
사랑했던 사람들의 기억 편지를 바라본다

○○아 잘 있지
하늘나라에서는 고통 없이 행복하렴
보고 싶다 나중에 꼭 만나자

바닷물처럼 짠 눈물이
안경 밑으로 계속 흘러내렸지만
멈추고 싶지는 않았다
몇 년 만에 흐르는 따뜻한 눈물
오랜만에 사람 축에 든 것 같았다

해를 더하며 허물이 더해 가는 나
아이들에 비해 너무 오래 살았구나
너무 불만을 많이 하며 살고 있구나
너무 복잡하게 살고 있구나

# 꽃들의 다양성에 대하여

어느 꽃도 장미를 닮고 싶어 하지 않으며
어느 꽃도 목련을 닮고 싶어 하지 않으며
어느 꽃도 국화를 닮고 싶어 하지 않는다

개나리는 귀여운 별 모양 노란색 꽃잎을
나팔꽃은 보라색, 빨간색 나팔 모양을
하물며 길가 이름 없는 들꽃들도
자기만의 모양과 색깔, 향기를 자랑한다

사람만이 외로워서 누구를 따라 한다
사람만이 질투하며 누구를 따라 한다
사람만이 불안해서 누구를 따라 한다

BC(Before Corona),
AD(After Disease)


예수가 가시 면류관을 쓰고 태어난 2000여 년 전
온 인류는 새로운 시대를 맞이하여
구원의 기대로 축제를 열었다

2000년이 지나 우리는 반동反動의 역사를 본다
태양의 왕관을 쓰고 박쥐에서 날아와
새로운 현생누대顯生累代를 열어젖힌
무게 1000조분의 1그램의 영웅!
위대한 그대의 탄생을 환영한다

맹목적 복제에 대한 신앙으로 살인하고 사멸하고
미안하다는 한마디 말도 없이 슬그머니 또 나타나는
영원회귀의 사도

인류 역사는 2020년 다시 시작했다

사랑하면 더 떨어져야 했고
만남은 죄악이 되고

헝겊 조각으로 입과 코를 틀어막아 부끄러움을 감추고
시뻘게진 눈은 불안과 초조로 서로를 의심하며
호모사피엔스는 더 이상 사피엔스를 포기했다

무자비한 생존 의지를 불태우는 미생물로
우리는 새로운 BC와 AD를 맞이했다
순진무구한 바이러스 핵산이 보여주는
중단 없는 생의 의지를 목도하며
새로운 번식 투쟁 경쟁의 시대를 맞고 있다

# 진·선·미 眞善美

클레오파트라를 생각한다
그녀의 코가 좀 낮았으면
로마의 역사가 달라졌을까

상하좌우 조화
가로세로 황금비율
눈, 코, 입의 배치
얼굴과 몸의 비율

본능인가 학습인가
세속인가 미학인가
자신만의 색안경을 끼고
오늘도 출정이다

하이티즘Heightism의 세상
키가 큰 것은 아름답다
키 높이 구두나 하이힐을 신고
성장호르몬 주사를 맞기도

다리 늘리는 수술을 받기도 했다

유명인을 검색하면 나이와 졸업학교 나오고
키, 몸무게, 때로는 발사이즈도 나온다
하지만 머리, 팔, 귀
지혜 사이즈는 나오지 않는다

사람이 진열대에 올려진다 비난하지만
사실 모든 사람들은 상품화되어
세상 품평회에 올려지고
모범 답안지 유형은 스테레오 타입화되어 있다

진眞이 아니어도 위僞도 아니다
선善이 아니어도 악惡도 아니다
미美가 아니어도 추醜도 아니다

클레오파트라를 생각한다
그녀의 코가 좀 낮았으면
로마의 역사가 확실히 달라졌을 것이다

사람은 동물의 왕국 주인공이기 때문이다

# 낮술

게으름인지 한가로움인지 알 수 없는 오후
뒹굴뒹굴 방에서 굴러다니다
오래된 친구 불러내어 낮술 한잔한다

한잔 두잔 들어가니 말이 많아지고
마음의 문 스르르 열린다
맥주는 노란 오줌이 되어 다시 나오고
노가리는 찢어지고 고추장에 찍혀
내 내장으로 들어갔다

지나간 청춘에 건배
고달픈 현실에 건배

추억 이야기가 술술
숨겨둔 비밀도 술술
살아가는 서러움도 술술
쑥스럽던 개똥철학도 술술

세상은 석양으로 붉게 물들고
내 얼굴도
친구 얼굴도
추억도 모두 붉게 타 올랐다

지나간 청춘이 아쉬워 술술
다가올 미래가 궁금해 술술
친구가 좋고 편해서 술술

내가 취하니 세상도 취했고
내가 흔들리니 지구도 흔들렸다

# 마이너리티 리포트

다수 편에 섰다 하더라도 안심하지 마라
마음은 아주 편안하겠지만
당신이 추종하는 신념이 진리가 아닐 수 있으니까

누구나 하기 싫어하는 노동을
당신이 하지 않음에 감사하지 마라
고층 줄에 매달려 당신의 아파트 도색해 주고
닭을 도축하여 치맥 파티를 열게 해 준 것은
아무나 할 수 없는 거룩한 일이다

나만 큰 재앙이 없다고 다행이라 생각지 마라
그들은 무심한 자연이 주는
확률의 십자가를 지고 있을 뿐
당신이 연민의 정마저 없다면
죽음에 이르는 병으로 선고받을 수 있다

세상의 모든 이는 세상의 시작과 끝
한 아이가 태어나면 한 세계가 시작되고

한 사람이 죽으면 한 세계도 사라진다

메이저 리그에서 탈락할까 초조해하지 마라
우리는 결국 마이너리티 리포트를 제출해야 한다

# 어느 시골 터미널 풍경

구릿빛 얼굴에 주름살 깊게 패인 이마
다리를 절뚝거리는 한 중년 남자가
읍내 다녀온 장바구니를 옆에 두고
하루에 4번 다니는 농어촌 버스를 기다린다

20대 초반 화장기 없는 까무잡잡한 얼굴
영어 로고 새긴 티에 청바지 차림 딸은
휴대폰을 보며 남자 옆에 앉아 있다

남자는 딸에게 무언가를 계속 설명하고
딸은 휴대폰을 만지작거리며 듣는 둥 마는 둥 한다

농사 이야기였을까?
엄마 이야기였을까?
삶의 이야기였을까?

첩첩산중 집으로 가는 농어촌 버스 도착하니
남자는 다리를 절며 서둘러 올라탔다

딸도 꼬깃꼬깃한 1,000원 짜리 차비를 손에 쥔 채
남자와 저만치 떨어져 천천히 걸어가며
외롭게 출발하는 버스에 올라타고 있다

# 여름

# 태양이 뜨거울 때

여름은 시원한 아이스 아메리카노의 계절
태양이 불을 뿜는 오후 2시 섭씨 34도
목구멍으로 발리 원산지 아이스 아메리카노 넘어가고
카페인으로 뇌가 흠뻑 젖으면
뉴런은 온몸으로 쾌감 전달 속도를 높인다

따가운 태양 빛으로 온몸을 샤워하면
세포는 생명의 진액과 페로몬을 쉼 없이 뿜어내고
대기의 열기와 정열에 감전되면
나는 여름의 칼날 위에 서 있다

태양 광자를 섞어 요리한 엽록체의 노고
빨간 수박, 노란 참외를 배 터지도록 먹어본다
달콤하고 아삭한 수박 참외를 먹는 순간
나는 태양을 삼켜 먹어버렸다

태양이 뜨거울 때
아프리카 세렝게티 사자와 달리기하고
남회귀선 바다 식인상어와 수영하고
4만 킬로미터 지구둘레를 종주하고
해바라기와 춤을 춘다

# 우중雨中산행

우산은 썼지만 몸은 이미 흠뻑 젖었고
운동화는 저벅저벅
옷이 속살에 달라붙어 어정쩡하게 걷기 시작한다

안경에 습기 차서 산길은 뿌예졌지만
비바람에 나뭇가지들 비비적대는 소리
빗물에 젖은 풋풋한 흙냄새가
산길의 설렘을 더해준다

산 중턱 위로 회색 먹구름 바람에 실려
제트기보다 더 빠르게 날아간다
구름은 생겼다가 사라지고 모양도 변하고
나는 구름 속으로 들어갔다 다시 빠져나왔다

구름 속에 있을 때는 안개 속인 줄 알았는데
안개가 빠져나가고 나니 구름인 줄 알았다

점점 커져가는 계곡물 소리에

온 산이 시끌벅적
미끄러운 조약돌을 밟고 개울에서 휘청하다
나뭇가지 붙잡고 위기를 탈출한다

비바람에 떨어진 도토리
어린 딸에게 보여주려 주머니에 몇 개 넣었다
다람쥐 주지 왜 가져 왔냐
딸의 다그침이 걱정된다

산 정상 돌풍에 몸이 휘청거려 쓰러질 듯
커다란 바위 사이로 몸을 낮춰 숨었다
인구밀도 1명/3㎢
온 산 혼자 독차지하며 놀고
김밥 한 줄 먹고 배부르니
시간도 잠시 멈추어 준다

몸은 흠뻑 젖었지만
마음은 한여름의 싱그러움으로
초록 염색되어 버렸다

# 갯벌에서

맨발로 갯벌에 들어가 머드를 밟아본다
찰흙을 밟는 듯 밀가루 반죽을 밟는 듯
발에 닿는 지구의 감촉이 물컹하고 보드랍다
어쩌다 뻘 속으로 쑥 빠져 발목까지 잠기면
늪지대 탐험가처럼 행복한 긴장감이 밀려온다

아장아장 기어 다니는 아기 게들
모래알로 목욕하며 위장하는 타고난 전략전술
걷다 보면 행여 밟을까 걱정도 됐지만
다가서면 구멍 속으로 이미 사라졌다

엄마 아빠 몰래 놀러 나왔구나
벌써 독립하여 세상에 나섰구나

누군가 조개를 캔다
호미로 흙을 파고들어 가니 조개가 숨어 있고
사람을 보자마자 껍질 걸어 잠그고 죽은 체한다
불쌍해도 속아 줄 수는 없어

바구니에 조개가 수북하게 쌓였다

갯벌을 배회하며 날아다니는 갈매기 떼
과자 하나 던져주니 끼룩끼룩 소리 지르며
수십 마리 한 번에 달려들어 서로 다투고
이내 나를 덮칠 기세다

먹고 살아간다는 것은 다 전쟁이구나
과자 몇 개로 갈매기들 미혹하며
먹는 것 가지고 내가 장난쳤구나

어느덧 밀물
바닷물이 몰려와 나를 육지로 떠민다
생명의 각축이 일어나는 갯벌을 떠나
인간의 각축 세상으로 다시 출발해야 한다

태양 빛에 반사되어 반짝이는 갯벌이
위로하고 다독거려 주었다

# 휴대폰 랩

전화 올 데도 없는데 계속 만지작거리고 있고 아침에 일어나면 폰부터 찾고 자기 전에는 동영상 시청하다 폰을 껴안고 스르르 잠이 들고 길을 걸어가면서도 밥을 먹으면서도 똥을 누면서도 보고 인생에 그다지 중요하지 않은 무엇인가를 검색하고 궁금함이 풀려야 하고 배터리 부족한 채 외출하면 불안하고 텔레비전 냉장고는 10년 이상 사용해도 폰은 2년이면 새것으로 바꾸고 플렉스해야 하고 최신 모델을 사용하지 않으면 꼰대가 될 수 있고 구닥다리 폰을 바꾸어 최신 폰을 빨리 구입해야 자본주의가 쌩쌩하게 돌아가 경제 성장이 일어나고 심심하면 게임을 하거나 웹툰을 보며 킬링타임 해야 하고 누군가를 만나 얘기하는 순간도 만지작거리고 있고 전철이나 엘리베이터 안에서도 각자 폰을 보고 폰의 가짜 뉴스는 선동이 되고 여론이 되고 인민은 레밍이 되고 폰의 광고 홍보에 낚여 즉흥 구매와 소비가 일어나고 SNS 상태 메시지를 통해 나 자신이 얼마나 행복한지 스스로 확인하고 훔쳐보는 지인에게도 확인받고 사람이 감옥에 갇혀도 밥과 폰만 있으면 얼마든지 버틸 수 있고 사람 눈을 한 빈 더 맞추는 것보다 폰 한 번 더 보는 것이 행복하고 0.1초 차이의 클릭 속도 능력이 당신의 미래를 좌우할 수 있고 폰이 주는 정보는 때로는 성경에 맞먹는 정도의 믿음을 주고 작동 원리인 양자역학의 원리는 굳이 알 필요는 없고 폰으로 욕망하면 죽음에 이르는 권태를 막아주기도 하고 나는 휴대폰 중독자다 나는 포노 사피엔스다

# 강남이라는 이름의 욕망 열차

나는 강남 팔로우어
리트윗하고 구독과 좋아요 누르는 기본 매너는
항상 잘 지켜왔다

어젯밤에는 강남 꿈을 꾸었다
강남 거리에는
버스 매연마저 구수하고
쓰레기도 세련되어 보였다

직업과 연봉은요?
재산은요?
사는 곳은요?
부모는요?
사람들 두 번째 이름표가 왼쪽 가슴에 달려지고 있었다

이번 열차는 13호선 강남! 강남행 열차입니다!
행복을 원하시는 분은 속히 승차하시기 바랍니다!

차장의 외침에 떠밀려 사람들은 허겁지겁 승차하였고
나도 차표 한 장 겨우 구해서 구석 칸에 자리 잡고는
흐뭇한 표정으로 씩 웃고 있었다

두근두근 요동치는 맥박 소리
뜨거운 열기로 가득한 욕망 열차는
영원히 탈선되지 않는 컨베이어 벨트 선로를 따라
지축을 흔드는 굉음을 내며 달려 나가고 있었다

# 여름 저녁 창가에서

땅거미 지고
세상 어둑해지면
식혀진 공기 속 시나브로 밤이 방문한다

초록 산이 까만색으로 옷을 바꿔 입으면
상복 입은 엘렉트라² 누워 하늘을 바라보고
산 밑자락 집 불빛이 하나둘 들어오면
가족들 모여들어 저녁상을 나눈다

막 상영 시작한 영화관처럼 길거리가 캄캄해지고
하나, 둘, 셋
동네 교회 십자가에는 불이 켜졌다
신자들의 나지막한 노랫소리
창문 밖으로 새어 나와 애절하게 퍼져나간다

2   유진 오닐의 「상복이 어울리는 엘렉트라」

별과 달 나오시니
세상은 다시 밝아지고
사람들 발걸음도 느려진다
경쟁하듯 개 짖는 소리 이집 저집 구슬프고
방충망에 붙은 매미 한 마리가 필사적으로 울어 댄다

후덥지근한 푸른 밤
번개와 천둥 내리치더니
시원한 한줄기 소나기 내린다
비에 젖은 나무 냄새 창문으로 들어오면
밤은 절정으로 달리고
꾸벅꾸벅 졸기 시작한다

# 야간 경마

사양斜陽 되고 그림자가 길어져
어스름한 저녁이 찾아오면
각축의 세상, 역전 노리는 사내들
한구라[3] 위해 하나둘 모여든다

전광판 불빛이 환하게 켜지고
경주로 야간 조명이 들어오면
출발 총성이 울리고
선행마先行馬가 먼저 달려 나간다

선행마는 처음부터
전 → 력 → 질 → 주
결승선까지 도달할 힘의 안배는 없다
심장이 터지고 발목이 부러져도
몽골 초원을 내달리던 질주 본능으로
한 번뿐인 마생馬生을 걸었다

---

3  대박, 적중 등을 의미하는 은어내지는 속어

바람을 가르는 채찍 소리
요란한 말발굽소리 거친 호흡소리
관중들의 환호소리 어우러지면
반환점을 돌아 결승선도 얼마 남지 않았다

도광양회韜光養晦!
뒤편에서 달리던 추입마追入馬의 등장이다
최후의 승리를 위해
운둔하며 때를 기다렸다
세월의 내공 쌓아 확 피어나는 늦가을 국화처럼
예고 없이 스프링처럼 팡 튀어나왔다

관중들의 환호성 소리
절정으로 메아리치고
배당판이 환하게 깜박깜박하면
1착, 2착, 3착 결정되고
환성과 탄성, 웅성거림이 들려온다

사내들은 베팅한 마권을 확인하며
승자와 패자를 결정하고
인생 대차대조표를 작성한다

폐출혈이 있도록 전력 질주한 경주마들은
흐뭇하게 여물을 먹으며 미소 짓고
경주로에 야간 조명이 꺼지자
사람도 말도 모두 집으로 돌아갔다

# 생명의 원시림에서

생명의 원시림으로 간다
총천연색 그림물감을 뿌려놓은 듯
태초의 힘과 약속이 살아 있고
먹이사슬의 생태계는 보기에 좋았다

사람들은 꽃가루 번식을 위한 충매화처럼
변성기가 되면 목소리를 바꾸고
호르몬으로 몸의 형태를 바꾸고
화장과 성형으로 얼굴을 바꾸고
신비주의로 번식을 유도하는
유성생식을 권장하고 있었다

사람들은 먹고살기 위해 노동을 하였지만
왜 먹고 사는지 묻지 않았고
자족하며 본능대로 살길 원했다
'왜'는 검색이 되지 않았고
'어떻게', '무엇을' 검색은 가끔 허용되었다

한번은 원시림에 재림이 임박한 듯
먹구름 사이 좁은 틈을 뚫고
태양 빛이 레이저 쇼를 하듯
일직선으로 땅에 떨어졌다

사람들은 대지에 쏟아진 빛을 쪼이려 아우성쳤고
소식을 듣고 멀리 화성에서 온 사람도 있었다
빚을 내어 빛을 사려는 투자자들도 있었고
한 조각이라도 훔치려는 장 발장도 있었다

원주민을 만나
어디서 왔느냐 물으니
이미 있었다고 했고,
넌 누구냐 물으니
나는 나라고 했고,
어디로 가냐 물으니
잘 모른다고 했다[4]

나도 갈 곳이 없다 하니
원주민은 나에게 불쌍하다고 6펜스를 주었다

---

4　고갱의 그림 「우리는 어디서 왔는가? 우리는 누구인가? 우리는 어디로 가는가」

나는 감지덕지하여 원시림을 나섰고
고흐와 고갱을 만나 자초지종을 물으려
유럽으로 급히 출발했다

# 매일 시립 도서관에 가는 이유

내가 매일 아침 도서관에 가는 이유는
공짜 에어컨 속에서 온종일 시원하게 지낼 수 있고
2,500원짜리 라면과 1,000원짜리 커피
사 먹는 재미가 쏠쏠하기 때문이다

선량한 다수 시민들이 방문해야
도서관은 북적거려 뭔가 활기차 보이고
고대 알렉산드리아 도서관처럼
인류 역사에 공헌을 할 수 있기 때문이다

내가 매일 아침 도서관에 가는 이유는
ㄱ에서 ㅎ으로 끝나거나
A에서 Z로 끝나거나
000에서 999로 끝나는
세상의 모든 지식이 궁금해서이다
결론은 달라지지 않을 것이 예상되지만
달라지지 않는 결론을 확인해 보고 싶다

내가 매일 아침 도서관에 가는 이유는
지식이 많은 사람이 되고 싶은 것은 아니다
머리에 든 것 많은 사람들이
세상을 더 어지럽히고 엔트로피를 더 증가시킨다

나는 매일 도서관에 가서
머리에 조금 든 것은 가슴까지 내리고
머리에 든 것보다 가슴에 많이 든 사람으로 훈련하고
싶다

# 매미 소리

아파트단지 늙고 너그러운 나무속에서
난청을 유발할 듯 처절하게 우는 매미 소리가 난다
소리는 점점 커지는 크레센도 합창이 되어
밀물파도처럼 동네를 덮쳐버렸다

창문에 매미 한 마리 달라붙어 우렁차게 구애하면
한여름 밤의 세레나데 발코니 음악회가 열리고
여름밤은 사랑으로 더 뜨거워져 간다

칠 년간 나무뿌리 속 수액을 빨아 먹고
깜깜한 땅속에서 밝은 세상을 기다려왔다
이제 인연이 다 되어 성충이 되고
멋진 매미가 되어 화양연화花樣年華 세상이다

일주일이면 길가에 치이는 시체가 되어
새나 벌레의 먹이가 될지라도
한 번뿐인 사랑을 위해 쉬지 않고 울어 댄다

열대야로 뒤척이는 밤
밤이 지치도록 울어대는 매미 합창 소리는
ASMR 자장가가 되어 주었지만
새벽 창가에 붙어 울어대는 매미 한 마리는
단잠을 깨우고야 말았다
살아가는 방법을
큰 목소리로 알려주려 하는 것 같았다


매미 소리는 해가 갈수록 커져만 간다

# 태풍주의보

오키나와 남부에서 시작된 사나운 태풍이
제주도를 거쳐 우리 집을 관통한다는
기상 예보관의 다급한 방송이다

나는 태풍의 눈에 맞서
문을 걸어 잠그고
입과 창문에 청색 테이프로 엑스 자를 붙여 놓고
결전의 준비를 하였다

숨을 잠시 멈추고
사지를 열십자로 쭉 뻗고 방바닥에 납작 엎드려
기도하며 폭풍우가 지나가기만을 기다렸다

태풍은 나를 강타했고
전치 4주의 중상을 입힌 채
동해바다로 물러났다

햇살이 비추자 복구를 시작했다
몸을 추스르고 집을 수리하고 창문과 대문을 열고
다시 맑게 갠 파란 하늘을 대견하게 바라본다

하지만 다음날
태풍이 또 발생했다는 뉴스 속보가 나왔고
태평양 한복판에서는
또 다른 태풍도 몸을 풀고 있다는 흉흉한 소문이 들려
왔다

# 유전자 복종

코로나 당신
왜 그리 기를 쓰고 살려 애쓰는지 모르겠네

사람 세포가 너무나 달콤함인지?
우주 선繕을 증가시키려 함인지?
알파에서 델타, 오미크론, 스텔스까지
이름까지 세탁하며 당신의 살려는 의지는 변함이 없군

생로병사 고통도 모르는 바이러스
이 사람 저 사람 끈질기게 옮겨 다니며
자기 임무를 성실히 수행하더군

조폭과 같은 코로나이지만
폭력이 아니라 일상 업무라 변호하더군
사람이 유전자에 복종의 삶을 사는 것처럼
자기들도 복종하며 살아가는 것이라고

어찌하겠어 코로나도 먹고살아야 하니까
어찌하겠어 사람도 먹고살아야 하니까

# 폼페이 유적 앞에서 첫 에스프레소

하늘에선 열구름과 화산재가 몰려왔고
용암은 흘러내려 살을 태우고
빛은 사라져 묵시록의 시간이었다

시간이 멈추었다
엄마는 아이를 가슴 품으로 껴안고 하나가 되었고
연인들은 입 맞추고 포옹하다 하나가 되었고
환자를 치료하다 마지막 하늘을 본 의사의 눈에는
관조의 장면들이 쏜살같이 지나갔다

유적지 앞 카페에서 생애 첫 에스프레소를 마신다
용암처럼 뜨겁고 화산재처럼 새까만 에스프레소는
입과 목구멍을 지나 온몸을 태우며 번져나갔고
쓰디쓴 에스프레소는 곧 달콤함으로 변해갔다

그들과 달리 현재 살아있음에
잔인한 안도감을 느끼고 있었다
잔인한 우월감을 느끼고 있었다
하지만 모종의 부러움으로 변하고 있었다

# 가을

# 휴일 약수터 길에서

빈 페트병을 배낭에 잔뜩 넣고 약수터에 간 이유는
휘청거리도록 무거운 짐을 지는 연습을 해야
삶의 짐이 가벼워질 수 있다는 기대 때문이었다

처서도 지나 서늘해진 산들바람 얼굴을 스치고
바람에 날아가는 솜사탕 양털구름 바라보면
생의 한가운데가 좁은 산길을 빠르게 통과한다

하양, 분홍, 자줏빛 코스모스 꽃잎들은
138억 년 전 코스모스 빅뱅 원자들의 퍼즐
햇빛, 바람을 흙과 비로 버무려 무친 꽃잎의 향기가
길가에 은은히 퍼지고 있다

$\infty$ 공간과 $\infty$ 시간에서 무한급수로 문제를 풀어보자
기억들을 미분하여 한 커트 한 커트 반추하고
전체로 적분하여 파노라마 영화로 만들어 보면
나는 아득한 시공간을 항해하는 우주뱃사공이다

철모르게 핀 귀여운 개나리 한 그루
내공을 쌓느라 이제야 핀 것일까?
해거리를 할까 하다 마음이 변했을까?
벌써 철을 알아가려는 딸에게 살짝 보여주려고
꽃잎 하나 따서 호주머니에 넣었다

휴일 호젓한 시간을 페트병에 넘치게 채워
가족 저녁밥 지을 약숫물로 담았다

배낭이 무거워도
두꺼워진 마음 근육으로 단단히 버티니
초저녁달도 가다 서다 집까지 바래다준다

# 유기된 신생아

환자 이름은 '무명녀無名女'
임신주수도 알 수 없이
세상의 빛을 처음 본 순간에도
그 누구로부터도 환영받지 못했다

짐승도 출생하면 어미가 핥아주고 젖을 주지만
어미는 집에서 혼자 탯줄을 자르고
큰 수건으로 둘둘 말고 감추어
베이비박스에 두고 떠났다

배가 고파서 귀엽게 울어재낄 때는
영락없는 귀여운 신생아지만
그치지 않는 복받친 울음을 터뜨릴 때는
세상 번뇌를 일찍 알아차린 조숙아가 된다

형편이 되면 다시 데리러 오겠다던 엄마의 약속은
기약도 없는 거짓말이 되었고
철모르는 아빠는 이미 사라져 버렸다

한 생명의 무게는 지구보다 무겁다는 윤리 교과서는
우리 모두 불에 태워버렸다


장애라는 천형天刑에
엄마 아빠도 없이
이 험한 세상을 어떻게 살아갈꼬


본인 운명을 아는지 모르는지
밤낮으로 안아 달라 칭얼대는 인큐베이터 아기 울음소
리에
속울음 삼키는 간호사 손길도 바빠졌다

# 나는 여행 유튜버다

나는 역마살이 끼었다
태어나야 할 곳에 과연 태어났는지[5]
고향을 잃어버리고 잊어버렸다는 기억
어디론가 떠나지 않으면 살 수 없다는 원초적 방랑벽이
나의 자율신경계를 지배하였다

나는 전생에 여행 유튜버였다
4대 문명 발상지를 방문하였고
예수 시대 사마리아인들을 만나보았고
십자군 전쟁 콘스탄티노플을 방문하였고
알함브라궁전 축성식에 초대되었으며
러시아 10월 혁명 광장에서 레닌의 연설을 들었다

나는 여행 유튜버다
소박하게 하루를 꾸려가는 것이 삶의 목적인
오지 사람들을 만나고
죽지 않기 위해 살을 빼야 하는 지상의 낙원도 방문하고

---

5  서머셋 몸의 「달과 6펜스」에서

갈라파고스 군도에 가서 오래된 선조들에게 절도 해보고
킬리만자로 정상에 올라 만년설로 커피를 끓여 마신다

나는 미래의 여행 유튜버다
자본과 기계 중심의 사상이 이끌 지구 곳곳을 방문하고
달에 가서 텐트 치고 별을 보며 한숨도 쉬지만
연민과 사랑이 있는 지구 방향으로
마지막 카메라 방향을 맞춘 채 잠을 청한다

나의 방랑벽은 어쩔 수 없다
가슴에 바람이 들고 뻥 뚫려
어디론가 사라진 고향을 찾아
살기 위해서 오늘도 떠나야 한다

# 쓰레기 분리수거 하는 날

오늘은 생활쓰레기 분리수거 하는 화요일
종이, 플라스틱, 캔, 병, 비닐
타는 일반 쓰레기와 음식물 쓰레기
가지런히 모아 분리수거를 해야 한다

종이 포장지, 식당과 헬스 홍보지
생수 페트병, 배달용 플라스틱 용기
참치 캔, 사이다 콜라 캔
맥주병, 소화제 병
일주일간 생활 잔해와 정산이 고스란히 드러난다

분리된 쓰레기를 수거함에 우르르 붓는다
일주일 허물을 내다 버리는 기분이다
일주일 사건에 대한 고해성사다
일주일 묵은 때를 대중목욕탕에서 씻는 느낌이다

내일이면 청소노동자들이 수거해 간다
냄새나고 때가 낀 쓰레기들
남이 버린 일주일 동안의 배설물을 처리해 주니
고귀한 직업이다
부러운 직업이다

분리수거 배출을 마치면
일주일이 간 거고 또 다른 일주일이 시작된다
일주일마다 버리는 생활쓰레기처럼
내 몸 안의 쓰레기도 수시로 비워야 한다
내 몸 안의 욕심도 수시로 비워야 한다

# 인과 연 - 역학조사


갠지스 강 화장터 근처 물을 마신 순례자의 몸에는
얼마 전 죽어 화장된 사람 원자가 온몸의 혈관을 돌고
폐에도 죽은 사람 원자가 섞여 있다는데

얼마 전 순례자는 코로나에 걸린 채 한국에 들어와
사랑하는 아들을 감염시키고
아들은 자기를 귀여워해 주시던 외할머니를 감염시켜
중환자실까지 실려 가셨다던데

할머니는 본인을 돌봐주던 간호사를 감염시키고
간호사는 자기 남편을 감염시켰다는데
간호사 남편은 만원 지하철 안에서
잠깐 스쳐 지나간 한 외국인을 감염시켰는데
나중에 외국인이 사망했다 하더군

외국인은 화장되었고 재가 되어 바다에 뿌려졌는데
뿌려진 재를 먹고 광어가 크게 자랐고
어부의 그물에 걸린 광어를

누군가 횟집에서 초고추장에 찍어 먹었다던데

회를 먹은 사람은 설사를 했고
똥물은 하수처리장에서 바다로 흘러가 증발되어
유럽에 비가 되어 내렸고
빗물은 정수되어
한 철학자의 아침 에스프레소 물이 되었다더군

# 만추晩秋

비바람 불어온 만추의 거리에는
노랑, 빨강, 주황 낙엽 시체가 수북이 쌓여
그림물감 뿌려놓은 수채화가 되었다

빗방울이 까만색 우산에 부딪히고 튕기면
따발총 소리 나고
나뭇잎 위 투명 빗물은 알알이 뭉쳐
땅바닥으로 톡 떨어졌다

물 맞은 나무 단풍잎 냄새
목말랐던 도시의 아스팔트 냄새 피어오르고
어느 집에선가 김치 파전 냄새도 새어 나온다

어린 시절 대살로 만든 파란 비닐우산은
등굣길 바람에 뒤집혀 낙하산이 되었고
교실 유리 창문을 때리는 빗소리가 끝나자
운동장에는 쌍무지개가 뜨고 환호성이 터져 나왔다

빗물에 젖은 연고동색 먼 산과
바람에 실려 몰려오는 회색 먹구름을
먹물로 화선지에 일필휘지 그리니

먹물은 순식간에 번져
마음속으로 확 스며들었다

# 무한궤도 공식

달아

너는 먼 옛날 지구가 지겨워 떨어져 나간 후에도
옛정을 잊지 못해
45억 년 동안 지구 둘레를 빙글빙글 돌고 있지
밤하늘 구경거리를 주려는지
시상詩想을 떠오르게 하려는지
그냥 재미로 도는 것인지는 알 수 없지만
사람들은 너를 보고 제사도 지내고 소원을 비니
특별한 존재임이 틀림없어

지구야

너는 우주의 푸른 창백한 점이라 불렸지6
인공위성에서 볼 때는 차갑고 도도해
약육강식이지만 그래도 따뜻한 피가 흐르는
생명을 잉태하고 있으니 얼마나 뿌듯한지 모르겠어

---

6 칼 세이건의 「코스모스」에서

오늘도 많은 사연들이 네 안에서 생산되고
우연적 필연이 사건의 지평선에서 벌어지고 있어

태양아

너는 등신불처럼 스스로를 불태우는 핵발전소가 되어
태양계 식구들을 다 먹여 살리는구나
먼 훗날 시간의 끝이 되어
더 이상 태울 것 없어 모두 사라질 때
우리 모두 멋진 꿈을 꾸었었다고 박수를 치자

달은 지구 주변 궤도를 돌고
여기에는 적당한 만유인력이 작용하고
지구는 태양 주변 궤도를 돌고
여기에도 적당한 만유인력이 작용하고

태양, 지구, 달은 서로 위로하고 끌어주며
우주의 수학 공식을 계속 확인하며 실현한다
태양을 중심으로
수, 금, 지, 화, 목, 토, 천, 해!

공식을 기억하며 오와 열을 맞춰

목적을 알 수 없는 무한궤도 운항을
오늘도 계속한다

# 가을장마

입추의 시작

비는 여름 장마보다 더 사납고 세차게
지축을 울리며 대지를 때리고
바람 몰고 와 마음을 때리고
수재민들 아픈 가슴도 때리고

이 비 그치면
빨간 고추잠자리의 시작
귀뚜라미 울음의 시작

마음 떨림의 시작

가-을-장-마

# 학원가 풍경

편의점 삼각김밥, 컵라면, 탄산음료 사 먹고
밑으로 처진 무거운 가방 등에 메고
걸어가며 영어 단어 외운다
알 수 없는 미래
초조함과 설렘이 교차하며
오늘도 무거운 발걸음을 총총히 옮긴다

오늘도 선행善行학습이 아니라
선행先行학습을 해야 한다
성공과 행복을 위해 선행은 필수라고
어른들에게 귀가 따갑도록 들었다

학원 문이 열리자 아이들 밀물처럼 쏟아져 나오고
노란색 셔틀버스로 하나둘 빨려 들어간다
모여 있던 운전기사들은 분주히 시동 걸고
도우미 선생님은 아이들 머릿수를 세기 시작한다

아이 데리러 온 부모 손에는 아메리카노 들려 있고
아이를 보자 뿌듯함이 얼굴에 배어 나온다
뒤엉킨 차들로 경적 소리 고함 소리 계속되지만
이 정도 소란은 당연한 야단법석이다

선행先行학습의 부재에 대한 집단 공포심에
선행善行학습은 무기한 연기되었다

# 폐허 작품 9-2

목공소에서 나무를 사다가
늦은 밤에 집을 만든다
큰 쥐가 들어갈 만한 집
톱과 망치 못으로 뚝딱뚝딱
집에 내 이름 명패 다니 그럴싸하다

집이 뭔가 마음에 들지 않는다
다시 부수고 똑같이 만들었지만
그래도 뭔가 허전하다

불을 질러 형태만 남기고 태우기로 한다
성냥불로 지붕에 불을 내니 조금씩 타들어 가고
불에 그을리고 허물어져
뼈대와 명패만 남곤 폐허가 되었다

집 이름을 지어 주어야 했다
늦은 밤 라디오에서 녹턴이 흘러나오니
폐허 작품 9-2

불탄 집으로 기어들어 간다
집 안은 아늑하고
아직 온기가 남아 따뜻했다
쥐새끼 한 마리가 집으로 기어들어 온다
나는 집을 양보하고 밖으로 나왔다

나는 다시 집을 지어보기로 하고
다음날 다시 목공소로 향했다
이번에는 쥐와 내가 같이 들어갈 수 있는
멋있는 집으로 만들기로 했다

# 메모리얼 파크에서

다음 주면 추석
아버지를 뵈러 메모리얼 파크에 들렀다

뜨거운 화장터에서
일생이 한 줌 가루되어 정리되고
각자의 사연 가지고 유골함 여기에 놓여 있다

생生 19××년 ××월 ×일
졸卒 20××년 ××월 ××일

생生날은 다르나 졸卒날이 같은 부부
생生날과 졸卒날이 너무 가까운 사람
생生년은 같으나 졸卒년이 다른 사람

엄마야 잘 있지 보고 싶다
나중에 하늘나라에서 만나자
국화 다발 리본에 추모 메시지 쓰여 있고
젊은 날 망자의 예뻤던 사진

유골함 옆에 붙어있다

개인 단, 부부 단 옆
무명無名 단이 외롭게 놓여있다
어찌하다 무명 단에 놓이게 되었을까
백 년이 가도 아무도 찾아오지 않겠지만
모든 인연 떨치니 자유로워 보인다

언젠가 내 이름도 메모리얼 파크에 올라와 있을까
유골함에 갇히지 않고
기억 속에 남아 먼지로 날아가야지

눈을 감으며 떠오르는 아득한 상념
바람이 나를 스치고 지나갔다

# 사이렌 소리

사이렌 소리가 거리를 날카롭게 휘젓는다
도플러 법칙을 충실히 지키는 고음 소리가
사람 마음을 갈기갈기 후벼 파며
공간으로 연달아 불안의 파문을 일으킨다

심정지 임박한 노인일까
열에 시달려 경기하는 아이일까
어떠한 사연을 싣고 구급차가 달리는지 궁금하지만
막히지 않고 빨리 달리기를 가슴 졸이며 응원한다

빨리 가야 한다 세상에 호소하는 소리이지만
아프다 세상에 소리치는 소리이기도 하지만
외롭다 위로해 달라 울부짖는 소리로도 들린다

사이렌 소리가 멀어진다
앞으로 살아가며
얼마나 많은 사이렌 소리를 또 들어야 할까

오늘 밤 꿈에
사이렌 소리를 들을 것 같다
구급차에 탄 환자는 왠지 나일 것 같다

# 돼지와 개의 운명

한 마리 돼지가 태어났다

돼지는 세상에 태어남을 동의하지 않았음에도
사람에 의해 강제 발정된 어미, 아비 돼지에 의해
수정되고 출산되어
6개월 만에 생을 마치고 사람의 먹이가 되기 위한
우주적 사명을 띠고 이 땅에 태어났다

360도 방향 전환도 힘든 좁은 우리 속
다른 돼지랑 계속 부딪혀 스트레스가 쌓였고
이빨과 꼬리도 잘렸다
제자리에서 먹고, 자고, 싸고, 강제로 살이 쪄야 하는
생명이 아닌 예비식품이다

단 한 번 세상 구경은 도살장 가는 길이었고
천수天壽 10분지 1도 채우지 못하고
머리끝 머릿고기에서 발끝 족발까지
어디 하나 빠지지 않고 식탁에 오른다

사람의 고기 먹는 즐거움을 위해서다
사람이 동물 단백질을 섭취하여 살기 위해서다
사람만이 어떤 가치를 증가시키기 때문이라 했다

고기 먹은 사람은 근육이 생겨
회사도 다니고, 확실치 않은 가치도 실현하고
결혼하고 사랑도 하여 2세도 생겼다
하지만 고기 단백질이 준 근육의 힘으로
폭력과 살인을 저지르고 사기를 치기도 했다

한 마리 개가 태어났다

개는 태어난 지 한 달 만에
엄마와 강제로 떨어져서
분양이라는 미명아래 한 집으로 팔려 갔다

사람 집에서 적응은 어렵지 않았다
꼬리를 흔들어 주고 애교 부리며 감정노동하고
침입자가 오면 과잉으로 짖어대어 충성심을 보여주면
주인집에서 편하게 지낼 수 있었다

가끔 주인이 돼지고기를 주면 맛있게 먹었고
돼지 학대에는 관대하지만
개를 학대하면 엄격히 처벌하는
사람중심의 법 혜택을 톡톡히 받았다
반려가 되는 동물을 학대하면 야만인이 되는
사람중심의 사상이 있기 때문이다!

항상 행복하지만은 않았다
목줄로 빼앗긴 야생의 자유를
주인이 먹여주고 재워주고 귀여워해 주는 것으로
강제 보상받았다
개의 지구상 존재 목적은
사람의 외로움을 덜기 위한 반려견이기 때문이다

오늘 상추쌈에 돼지고기 삼겹살이 먹고 싶다
반려견의 견주를 하며 외로움 없이 즐기며 살고 싶다

4

# 겨울

# 산사의 새벽

북소리가 들린다
경쾌한 타악기의 진동이
얼어붙은 공기 속을 뚫는 파문이 되어
내 가슴 고막을 두드린다

진 고동 장삼 걸치고
법고法鼓 두드리는 노승
땀방울은 이마에 맺혀 얼굴로 흘러내렸고
속세의 회한은 동공에 맺혔다
다람쥐는 쳇바퀴를 다시 돌리고
산속 짐승들은 잠에서 깨어 으르렁댄다

사람 몸체만 한 잉어의 오장육부를
나무 막대기가 휘젓자
둔탁한 마찰음이 파란 새벽을 가른다
깊은 물 속 밤새 잠들었던 빨간 물고기
실눈 뜨고 입을 뻐끔거리며 물살을 가른다

오늘도 노동으로 고단한 하루
내 입과 살이 쇠꼬챙이에 찢겨나갈 수 있지만
물속 물고기의 운명을 거스를 수는 없다

뭉게구름 청동 판에서
날카로운 고음 쇳소리가 울려 퍼지자
언덕 너머 소나무가 미세하게 떨린다

나뭇가지 박차고 날아오른 새는
한바탕 비행을 마쳤고
애절하게 짖어대며
새로운 아침을 친구들에게 알린다

일출로 범종이 밝음과 어둠으로 갈라지는 순간
수백 년 전 중생들을 깨웠던 종소리가
똑같은 주파수와 음색으로 나를 깨운다

시공간으로 퍼지는 첫 번째 울림소리는
지구를 몇 바퀴 돌고서야 멈추었고
다시 울리는 울림소리는
된바람에 흔들리는 풍경風磬 소리와 함께
내 몸 원자들을 진동시킨다!

# 첫눈

설악산 대설 뉴스를 듣고 잠들었는데
아침 창밖으로 회색 구름 몰려오더니 세상이 캄캄해졌다
긴가민가 눈발 하나둘 보이고
새하얀 떡가루가 쉼 없이 떨어진다

첫눈이다!

내 생애 첫눈 오면 만나자 약속했던
연애질 한번 못 해봤지만
나이 오십 줄에도 아이들처럼 첫눈은 늘 설레고
알 수 없는 무언가를 또 기다리고 있다

눈이 쌓여 어느새 지붕 위를 덮으면
내 눈꺼풀도 눈으로 덮여 스르르 감기고
어느새 어느 눈 내린 마을로 날아가고 있다

굴뚝에선 벽난로 연기가 올라가고
아이들은 강가에서 썰매를 타고

삽살개들은 눈 쌓인 언덕길을 뛰어다닌다

성당 종소리가 울려 퍼지면
나는 빨간 산타클로스 옷을 입고 하늘을 날아
집집마다 선물을 뿌리고 있다

창밖으로 내리는 하얀 눈은 온 동네를 덮고
내 마음에도 새하얀 느꺼움이 내려앉는다

따뜻한 잠바와 장갑으로 무장하고 길을 나선다
첫눈에 대한 예의를 지키기 위해 길을 나섰다
알 수 없는 기다림을 마중하러 길을 나섰다

# 나의 이름은 미사자 未死者

여기에 들어와 신세를 질 줄은 몰랐다
내 생은 늙을 때까지 아프지 않고 즐기다가
남태평양 휴양지에서 심장마비로 10초 만에 사망하여
천국으로 가는 줄 알았기 때문이다

주변에는 나처럼 잊혀져가는 사람들뿐이다
근육은 사라져 앙상한 뼈와 처진 피부뿐
욕창은 심해져 끈적끈적 고름이 흐른다

눈에는 초점도 없이
형광등 불빛과 천정에 붙은 벌레를 바라보고
괘종시계 울리면 또 밥시간이 되고 하루가 간다

신생아 때 찬 기저귀는 귀여웠으리라
지금 찬 기저귀는 아주 커다랗고 수치스럽다
내 엉덩이를 누군가에 의지하여
뒤처리를 맡겨야 하는 비참함은 아무도 모른다
하지만 이 창피함도 곧 익숙해져 갈 것이다

생명의 흐름에 쓸려 여기까지 왔지만
나에게도 빛나는 청춘, 뜨겁던 사랑이 있었고
진리에 심장이 요동치던 시절이 있었다
이제 몇 조각 행복했던 단상만이
벗이 되어 위로해준다

나를 여기 보낸 가족을 원망하지 않는다
아무도 면회하러 오지 않아도 원망하지 않는다
지금은 그들의 시간이기 때문이다

나는 조금씩 잊혀가고 있다
나의 이름은 미사자未死者다

# 미역국 레시피

내일은 아내의 생일
미역국을 끓이려 미역을 잘게 잘라 물에 불렸다
물을 먹으면 부풀음이 심해 양 조절을 잘해야 한다

불에 달군 프라이팬에 들기름을 넣고
불린 미역, 잘게 자른 소고기, 국 간장 넣고 볶는다
신줏단지처럼 어머니가 챙겨주신 다진 냉동마늘을
냉장고에서 꺼내 같이 볶는다
아내는 마늘이 많이 들어간 노르스름한 미역국을 좋아
한다

물을 넣고 국이 끓기 시작하면
고소한 바다 냄새로 집안이 요란하다
노랗게 뽀얀 국물 한 수저 맛보지만 진국은 아니고
30분 이상 충분히 졸여야 진국이 된다
우리 생生도 시간이 흐르고
충분히 졸여져야 진국이 된다고 했다

놀라는 척 기뻐할 아내 얼굴이 떠오른다
갓 지은 쌀밥, 미역국, 살얼음 낀 처가집표 김장 김치면
아내를 위한 기본 생일상이다

흰 머리 많아졌지만 머리숱이 많지 않아
흰머리도 뽑지 말라는 아내
20년 넘는 세월 속에 반 이상은 내가 만들었다

새까만 미역국 많이 먹고
흰 머리 다시 새까맣게 물들었으면 좋겠다

# 이름 없는 나무

헌법 제 14조 거주 이전의 자유도 없이
평생 한 군데 정착하여 살아가는 처지이지만
한 번도 불만을 가져본 적은 없다

키가 커도 작아도
잘생겼어도 못생겼어도
사람 입에 회자되거나 되지 않아도
수백 년 아무도 찾지 않는 숲속에 혼자 살아도
거뜬히 세상을 살아간다

한낮에는 찬란한 햇빛으로 샤워도 하고
흙을 빚어 열매로 바꾸는 마술도 부려본다
흘러가는 구름을 한가로이 바라보며
바람에 리듬 맞춰 신나는 하늘 춤을 춘다
목마르면 물관 빨대로 목을 축이며
광합성 노동으로 숲속을 청소하였다

해가 지면 어둠을 이불 삼아 잠자리에 들고
저 산 너머 자작나무와 연애도 한다
계곡물 흐르는 소리에 잠을 깨면
밤을 새워 은하수 별들과 수다를 떨다가
새로운 태양을 맞이하기도 했다

봄이면 몇 주 살이 필멸必滅 생화를 내보였고
여름이면 초록색 땀 냄새를 산속으로 발산했으며
가을이면 사양斜陽으로 나뭇잎을 붉게 물들이고
겨울에는 벌거벗고 나이테를 뼈 속에 새겼다

천둥 울리고 번개 몰아쳐
쓰러지고 쪼개어질 위험에도 피하지 않고
나무벌레나 딱따구리가 쪼아대어도
너그럽게 몸을 내어주고

눕지 않고 평생 서서 당당하게
순명하며 살아가는 이름 없는 나무들

그런 이름 없는 나무가 되고 싶다

# 젊은 날 동해바다

겨울 동해바다로 갔다
터미널 첫차
속초행 고속버스를 잡아타고 무조건 달렸다

창밖으로 보이는 띄엄띄엄 시골집들
폭설로 길은 없어져 고립되어 보이고
황량한 들판에는 새무리만이 유유히 날아다닌다

산 중턱 외딴집
저기서 내가 살 수 있을까
나는 지독한 외로움을 견딜 자신이 없다
사람들은 외로움을 잊으려 아등바등 도시로 모여드는 것
이 아닐까

분주한 파도
파도는 나를 덮칠 듯 증폭되어 포효하며
눈 쌓인 해안선으로 몰아치다가
흰 포말이 되어 동백꽃잎 떨어지듯 사라져 갔다

두려움
바다를 보는 눈이 사회를 보는 눈이라 했던가
바다가 그리워 바다를 찾아왔는데
바다는 여전히 소문처럼 두려웠다

기다림
빨간 등대에 불이 들어왔다
나는 세상의 해변을 걷고 있는
한 명의 미약한 소년일 뿐인데
모든 걱정을 나만 다 짊어진 양 보이는 것은
얼마나 건방지고 우스운 일인가
언제까지 나는 무엇을 계속 기다려야 할까

돌아오는 고속버스에서 되뇌었다
다시는 동해바다에 가지 않겠다고
다시는 청승 떨지 않겠다고

나는 일 년 후 고속버스를 타고
다시 동해바다로 나섰다

# 나는 백수白手다

나는 백수白手다
백수로 살기로 결정한 것은 오래전 일이다
골수의 피가 말라 이제는 손까지 하얗게 된 진짜 백수
白髓다
마음도 새까맣게 타다 못해 이제 하얀 재만 남아
뼈까지 하얗게 삭아 버렸다

누구나 가끔 백수가 되고 싶어 하지만
여기에는 담력이 필요하다
벤처정신이 필요하다
백수는 인류의 미래요 마지막 희망이다

백수는 컨베이어 벨트에 실려
시계 침에 맞춰 생을 따라다니지 않는다
MUST로 건강을 해치지 않으며
굴레의 수레바퀴 밑에서 쪼그라져 있지도 않다

굳이 뭐 하려고 하지는 않는다
먹고 사는데 뭐는 중요하지만
뭐는 도대체 뭐인지 알 수가 없고
때때로 뭐는 교환가치만 있지
내재가치는 없다 생각했기 때문이다

목구멍이 포도청
오늘도 숨만 겨우 쉬며 사는 백수지만
결연한 자세로
기꺼이 백수의 깃발을 든다

백수들에게 희망을!

# 파지 노파

굽어진 등에 쇠꼬챙이처럼 마른 몸
덥수룩한 흰 수염과 반짝이는 까만 눈
튀어나온 광대뼈에 몇 개 남지 않은 이빨
그래도 멋을 부린 털모자는 귀를 모두 덮었다

빨갛게 부푼 두 손을 호호 불며
리어카에 파지를 차곡차곡 싣는다
오늘 하루도 기대한다
운수 좋으면 일당 만 원

판자때기 걸터앉아 부의賻儀 봉투 파는 노인과 마주치자
눈 맞추고 고개를 끄덕이며
두 사람 사이엔 격려 사인이 오고 간다
뒤돌아 앉아 물에 밥 말아 먹는 노점 할머니도
고개를 살짝 돌려 가세했다

시장 골목에 들어서니
뜨거운 믹스커피 한잔이 선물로 들어온다
커피는 목구멍으로 내려가 온몸으로 퍼지고
가슴속 웅장한 느꺼움으로 솟아올랐다

먼 하늘 한번 바라보고
리어카에 모은 파지 한번 바라보고
다시 리어카를 구른다

십 년만의 대한大寒 추위라지만
생에 맞선 자존심으로
두 다리를 힘차게 내딛는다

# 뇌성마비 행려자 이야기

당신은 이름도 없이 그냥 '씨피7'라 불렸다
구석진 길가에 버려져
곧 데리러 오겠다는 약속은
새빨간 거짓말이 되고
이제 십여 년의 세월이 흘렀다

지금 10대 후반 뇌성마비 소녀의 등뼈는
근육강직으로 활처럼 휘어지고
똑바로 눕지도 못하여
거꾸로 누워 세상을 바라본다

목을 뚫은 조그만 기관절개 숨구멍에서는
썩는 생선 냄새 누런 가래가 쉴 새 없이 뿜어 나온다
숨이 막혀 얼굴은 빨개지고 몸은 파래져
이제는 세상과의 슬픈 인연을 끝내려 하다가도
응급처치 후 다시 가쁜 생을 이어 나간다

---

7  '씨피'는 cerebral palsy(뇌성마비)의 앞 두 개 스펠링 c와 p를 지칭한 말

비위관鼻胃管은 세상과 이어주는 마지막 통로
입으로 먹고 맛을 느끼며 삼키는 원초적 즐거움도
이번 생에서는 허락되지 않았다

두 다리로 새소리 나는 숲길을 걸어보고
동물원 코끼리, 원숭이 흉내도 내어보고
꽃잎에 취해 미소微笑짓는 미소微少한 기쁨도
세상에서 가장 미소微小한 그녀에게는
꿈속에서나 일어나는 일이었다

눈 마주칠 때마다 먼저 짓는 행려자의 미소는
사바 고통을 이해한다는 너그러움이며
내가 아니라 다행이다 안도하는
짐승 같은 내 마음을 내려치는 죽비가 되고

별빛 눈빛에서 뺨을 타고 내리는 행려자의 눈물은
세상 가면무도회의 정화수가 되었다

# 준비됐어요

그동안 사랑 많이 받았다오
부모님으로부터 조건 없는 희생을
아내, 아들, 딸로부터 따스한 미소와 손길을
이웃들로부터 생존에 필요한 배려와 지원을
알 수 없는 사람들로부터 기도와 관용을

그동안 사랑 흉내 조금은 내면서 살았다오
노동으로 가족들에 대한 부양을
조그마한 기술로 동시대인 생존에 약간의 기여를
가끔은 이웃들에 대한 연민의 마음을

그동안 조금은 배웠다오
대자연의 아름다움, 잔인함, 순진함을
태양 빛으로 꽃이 피고 과일이 된 자두의 신맛을
사람들 마음에는 무엇이 있고 무엇이 없는지를
삶은 왜, 어떻게, 무엇을 의문사들의 조합임을

삶이 어디로 왜 이끄는지 알 수 없지만
무한대의 시간 걱정보다 지금 이 순간을 살아가며
무한대의 공간 걱정보다 지금 이 공간을 살아가며
춤추며 운명을 받아들일 준비…

준비됐어요

# 예정된 선고

그는 이미 기소가 되었다고 들었다
얘기를 처음 들은 것은 초등학교 시절
어른들이 겁주려는 동화 속 이야기인 줄 알았지만
태어나기 전에 이미 결정되었다 했다

그는 사형이라 들었다
잘못 들은 것 같았지만
다시 들어도 결과는 달라지지 않았고
재심은 없다고 했다
이의를 제기할 수는 있지만
괘씸죄가 적용될 수 있다고 했다

그는 뇌물을 써서 집행유예를 받으려 했다
하지만 재판장은 이미 법정을 떠났고
배심원들은 속으로 웃고 울고 있다
원숭이만이 그에게 연민을 보였다

그는 재판장을 고소하기로 했다
하지만 재판장도 사형선고를 받았다는 이야기에
고소장을 찢어버렸다
울음이 터져 재판장을 위해 기도를 시작했다

# 양수리 호수가에서

한파주의보가 끝나자마자
대설주의보가 내렸다
얼어붙은 호수 위로는
솜이불이 따뜻하게 내려앉았다

마을은 하얗게 질려버렸다
인기척도 없고 길도 없어져
눈 뒤집어쓴 전봇대와 나무만이
마을을 지키고 있다

어느 집에선가 개 짖는 소리 들리고
굴뚝에 올라가는 하얀 연기 보이면
엄마가 해 주시는 고소한 저녁밥 냄새가 난다

호숫가 날아다니며 울부짖는 까마귀
깊은 물 속 얼음이 깨지며 들리는
45억 헤르츠의 짐승 소리가
겨울 간두에 선 나를 흔들어댄다

앙상한 나뭇가지 사이를 휘감아
따뜻한 혈관 속으로 들어온 바람의 기억들에
내 가슴은 뜨겁게 떨고 있었다

# 사람의 기도

따뜻한 밥 한 공기에 세상이 시작됨을
따스한 말 한 마디에 인간人間이 시작됨을
늘 잊지 않고 살게 하소서

나약한 뒷모습을 보여줌에 주저하지 않고
나약한 뒷모습에 그냥 지나치지 않으며
늘 감사와 연민의 마음을 품고 살게 하소서

죄가 있다 나무라지만 마시고
선하다는 것이 무엇인지 조금은 알지만
늘 맞추어 살지는 못한다는 고백을 받아 주소서

혼자만 불안하고 고통스러운 것이 아니라는 것
세상 모든 이도 힘들고 마음에 상처를 입었다는 것
그럼에도 견디며 살아간다는 것
이 모든 것 깨달아야 비로소 어른이 된다는 것
늘 기억하며 살게 하소서